Amistad para adultos

Primera edición: febrero de 2024
Sexta edición: abril de 2026

© del prólogo, Aimee Bender, 2017
© de la traducción, Jaime Montes Pérez y Nicolás Cañete Dellamea, 2023

Dirección editorial: Nicolás Cañete Dellamea
Producción: Guillermo Pérez Ortiz
Diseño: Amadeo Lope
Corrección: Sara Iglesias Cruz y Eva G. Serrat
Comunicación: Eva G. Serrat

© de la presente edición, Shiro Libros, SL, 2024
Calle Romero, 4B, Bajo B
19139, Yebes
www.shirolibros.com

ISBN: 978-84-127644-1-3
Depósito legal: GU 2-2024
Impresión: Cofás
Impreso en España – Printed in Spain

Nao-Cola Yamazaki

Amistad para adultos

Prólogo de Aimee Bender

Traducción de Jaime Montes
y Nicolás Cañete

SHIRO.

LA ROCA FUE A PARAR AL MAR Y SE CONVIRTIÓ EN UNA AMEBA…

AIMEE BENDER

Así (casi) comienza el libro de Nao-Cola Yamazaki, en el que parece que suceden muchas cosas importantes al mismo tiempo y las personas existen en estados del todo contradictorios. Esa roca de «Genealogía falsa» no pasa por una lenta transformación, sino que se precipita hacia una nueva forma, ese salto gargantuesco de lo inerte a lo biológico. Cuando, en otro relato, una escritora conoce a un teórico de la música, parece que se enamora de él, pero no; se interesa por él para sus propios fines ambiciosos, pero tampoco; cuando una pareja separada desde hace muchos años vuelve a reunirse por capricho para ver el apartamento en el que vivían, se sienten a la vez llenos de nostalgia el uno por el otro, entristecidos, felices, aliviados, conectados y separados. Vivimos en todos estos estados. Yamazaki nos lo recuerda. Nosotros también somos rocas y amebas, al mismo tiempo —antiguo y rígido, cálido y fútil—, y una vez que somos una ameba, es probable que pronto nos convirtamos en otra cosa. Los relatos se conectan sin ser resueltos, permitiendo al lector acceder a momentos íntimos sin condicionar nuestro pensar. Incluso cuando Yamazaki termina un relato, que suele ser el momento en que una escritora revela su mano, algo queda inusualmente abierto, algo que retumba bajo las palabras. «Ya no establecería separación ninguna entre ella como novelista y su yo auténtico», dice la escritora Mayumi. Y, sin embargo. ¿Puede? ¿Lo hará? ¿No sigue siendo palpable su anhelo? ¿Es posible identificar un verdadero yo en estos intercambios?

Estas historias también son claramente contemporáneas. De un tiempo en el que alguien que ronda la treintena, en particular si se trata de una mujer, puede sentirse dividida entre el trabajo y la familia, o puede preguntarse cómo equilibrar las dos cosas, si es que quiere equilibrarlas, si el matrimonio se ha acabado como institución, o si lo único que quiere es que alguien la llame «Mayu-chan», sin saber si esa opción se ha perdido para siempre.

Ninguna opción se pierde para siempre. El celacanto, que acaba de subir a la tierra, mira las estrellas y medita. «Mientras pensaba, aprendió a respirar con los pulmones».

Nos pasamos el tiempo contemplando una cosa, mientras algo mayor sucede fuera de nuestro alcance. Nos transformamos y seguimos adelante y reflexionamos, ganamos en perspicacia y vemos también cómo se nos escapa. Yamazaki rinde a ese mismo deslizamiento, a esa esencia de la no esencia, un hermoso homenaje.

GENEALOGÍA FALSA

Un día, se hizo la luz. Y la luz alcanzó a una roca.

A causa de la luz, la roca cobró vida, empezó a producir cada vez más aminoácidos y se infló más y más. Creció tanto que se volvió inestable sobre sus pies y su cuerpo se volvió blando y esponjoso. Cuando ya no pudo mantenerse en la cima de su acantilado, se desplomó.

Fue a parar al mar, entonces se convirtió en una ameba y empezó a nadar.

El mar estaba tranquilo. Lo único que oía eran el chapoteo de las olas en la superficie y el borboteo de los volcanes en las profundidades.

La ameba se sentía sola. Nadó durante mucho tiempo. Durante unos mil años nadó dando vueltas a la Tierra sin parar. «Quizá la razón por la que me siento tan sola —pensó la ameba— es que no hay nadie más aparte de mí. Quiero que haya otra más».

Así que la ameba tuvo sexo consigo misma y creó otra ameba. Esta otra ameba también tuvo sexo consigo misma y el número de amebas creció. Pronto fueron muchas.

Con el paso del tiempo, la ameba empezó a pensar que tal vez el sexo no era algo que debía hacer sola, sino con otras. Así que trató de unirse a otra ameba y tener sexo de esa manera. Y así tuvieron un hijo.

El hijo de las amebas fue un pez, y nadó durante cinco millones de años. Como el mar no le bastaba, nadó también por los ríos.

El hijo del pez se convirtió en un celacanto, y una noche, el celacanto intentó subir a la tierra. Agitó las aletas y avanzó abofeteando la arena sobre la que se arrastraba.

La luna estaba llena y las estrellas invadían el cielo. Por entonces no había ciudades que emitieran luz, por lo que el cielo nocturno bullía de actividad. «Ah, las estrellas son tan hermosas... ¿Qué hace una criatura sucia y fea como yo bajo un cielo tan estrellado, tan magnífico?». El celacanto plegó sus aletas detrás de la cabeza y se recostó en las rocas, miró al cielo y se quedó pensativo. Mientras pensaba, aprendió a respirar con los pulmones.

Entonces el celacanto puso un huevo y de él salió una rana.

La rana dio a luz a un dinosaurio.

El dinosaurio tuvo dos hijos. El mayor fue un pájaro y el menor una rata. El hermano menor era astuto, y se la jugó al mayor. Consiguió hacerse con toda la tierra del mundo. Se jactaba de que los dioses se la habían concedido, así que el mayor, que ya no tenía dónde ir, abandonó la tierra y se fue volando al cielo. Dominada la tierra, el hermano menor la llenó de los suyos, y pronto todos empezaron a caminar sobre dos piernas.

Ahora que sus patas delanteras estaban libres, la gente empezó a comunicarse mediante gestos. Para decirle a alguien que algo era redondo, hacían un movimiento circular con las patas delanteras, y si querían impresionar a alguien con el tamaño de algo, las separaban mucho.

Al cabo de un tiempo, la gente dejó de sentirse satisfecha con estos gestos y empezaron a hacer ruidos como «ah» y «oh». Y así nacieron las palabras.

Una vez que tuvieron palabras, comenzaron a darse nombres.

Yamada se ganaba la vida trabajando en el campo y criando ganado.

Hubo una gran inundación. Yamada se subió a un barco con un chaval y algunas vacas y animales domésticos, y durante un tiempo vivieron todos juntos en el barco. Tenían mucho tiempo libre, así que empezaron a tocar el piano y la guitarra. Y así nació la música.

Yamada se acostó con el chico y tuvieron un hijo. Lo llamaron Tanaka. Los padres de Tanaka siempre estaban con la música, y Tanaka se hartó de ellos. Cuando el nivel de las aguas descendió, Tanaka se escapó. Se fue a vivir solo a una cueva y pintó en las paredes. Y así nació el arte.

Una vez, una chica entró en la cueva de Tanaka sin preguntar, y dijo:

—Vaya, ¿qué es todo esto? ¿Los has hecho tú?

—Mmm —balbució Tanaka, avergonzado.

—¡Eres muy bueno! —dijo la chica.

Tanaka estaba tan contento por la alabanza de la chica que se acostaron juntos, y luego, cuando estaban en la cama, empezaron a contarse historias. Y así nacieron las historias.

El hijo de Tanaka se llamó Suzuki. Suzuki tuvo quinientos hijos.

Con quinientos de ellos correteando por ahí, la gente empezó a decir que la tierra pertenecía a los humanos y que podían hacer todo lo que quisieran. Esta sensación de omnipotencia se extendió y la gente empezó a construir una torre. Cuando estuvo terminada, le cayó un rayo, y de repente las quinientas personas dejaron de poder comunicarse entre sí. Las palabras se separaron en idiomas diferentes y la gente se distanció de los que no comprendían, de tal modo que al final solo las personas con idiomas parecidos tonteaban entre sí. A medida que construían relaciones, empezaron a crear países.

Cada país tenía su propio sistema político y estaba separado en gobernantes y esclavos.

La mayoría de los esclavos en Japón eran agricultores y cultivaban arroz.

Satō también se dedicaba a labrar el campo, y el arroz que cultivaba era muy bueno. Satō vivió doscientos cincuenta años y luego murió.

La hija de Satō se llamaba Takahashi. Durante la vida de Takahashi, Japón puso fin a su periodo de aislamiento y abrió sus puertas a naciones extranjeras.

Takahashi dio a luz a Itō. Durante la vida de Itō, el sistema de castas fue abolido y el número de agricultores disminuyó, mientras que las personas que trabajaban en el sector servicios aumentaron. Sin embargo, Itō no tenía nada que ver con el sector servicios: era ama de casa.

Itō dio a luz a Kandagawa. Kandagawa trabajaba en una empresa. Kandagawa no tenía hijos. Kandagawa vivía en un apartamento con su novio. Kandagawa se ponía una toalla roja alrededor del cuello como si fuera una bufanda y se iba con su novio a los baños públicos de las callejuelas. Un día, mientras se bañaba, estiró las piernas y recordó cómo, en el pasado, solía ser un pez. Cuando miró las uñas pintadas de sus pies que sobresalían del agua de la bañera, pensó que parecían aletas. Kandagawa se salpicó los pies. Cruzó las manos detrás de la cabeza, miró el vapor y meditó por un momento.

EL APARTAMENTO INTOCABLE

Abre los ojos y, en la penumbra, estira la mano para tocar la pared junto a la cama. Pero no siente que esté tocando nada. No hay ninguna sensación. El papel pintado con efecto madera debería estar un poco frío al tacto, pero tampoco percibe ningún cambio de temperatura. Mueve la mano para tocar la columna, pero no está ni suave ni áspera.

Kandagawa empieza a preocuparse, tal vez algo le esté pasando a sus dedos, y alza la mano para tocarse la cara. Puede notar sus mejillas. Levanta las manos hasta la parte superior de la cabeza y siente su pelo.

Pero cuando se levanta de la cama y se agacha para tocar el suelo de madera, no lo nota. Trata de buscar las juntas de las tablas, pero sus dedos se limitan a acariciar el aire. No toca nada.

Hay revistas esparcidas por el suelo y un portátil sobre su escritorio. Cuando va a cogerlos, no se mueven ni un ápice.

Por la ventana puede ver un ciruelo en flor, pero la ventana no se abre.

Vuelve a apretar la mano contra la pared y no siente nada. Mientras se pregunta qué pasa, acerca su cara a la pared y entrecierra los ojos para observar el lugar en el que se encuentran la pared y su mano. Entonces descubre que su mano está a un milímetro de la pared. Por mucho que lo intente, no puede alcanzar la superficie de la pared. No hay forma de salvar esa distancia de un milímetro.

Entonces los ojos de Kandagawa se abrieron de nuevo. «De modo que era un sueño», pensó, y se levantó, apretando la mano contra la pared para asegurarse. El papel pintado blanco y desigual era suave y un poco cálido.

A continuación puso su mano sobre la cortina de encaje beige que colgaba cerca de su cama, y la retiró. La luz del sol iluminó su apartamento, mucho más presentable que el cutre de su sueño. Abrió la ventana y entró aire fresco. Hacía frío, volvió a cerrarla enseguida.

El apartamento del sueño era el que había compartido con su novio Mano, ahora exnovio. ¿Por qué seguía allí, invadiendo su inconsciente? Qué pesado. Kandagawa se estiró. Cerró la cortina, se deshizo del pijama, se metió en la ducha y se fue a trabajar.

Ayumi Kandagawa vivía ahora en un apartamento de treinta y ocho metros cuadrados orientado al sureste, con cocina, comedor y dos dormitorios de suelo laminado, un baño con sistema de ventilación y calefacción integrado, una puerta con cierre automático y un buzón de seguridad para la entrega de paquetes; situado en la cuarta planta de un bloque de apartamentos de siete pisos y cuatro años de antigüedad, a cuatro minutos a pie de la estación, por ciento treinta mil yenes al mes.

Por la noche, tras haber llegado del trabajo, Kandagawa leía tumbada en la cama, en pijama, la revista de moda *Ginza* cuando su móvil empezó a vibrar. Al ver el nombre de Hideo Mano parpadear en la pantalla, Kandagawa no se sintió inclinada a cogerlo. Habían pasado ya cuatro años desde que se separaron. Kandagawa tenía treinta y uno y ahora vivía sola.

Lo cierto era que tenía una llamada perdida de Mano en el historial desde hacía tres días, y no se la había devuelto. No tenía ni idea de por qué llamaba. No tenían nada de que hablar. Kandagawa no pensaba casarse pronto, pero tenía un nuevo novio.

Miró su móvil, que vibraba, wiii, wiii, después de seis tonos Mano aún no se había rendido; pulsó el botón verde.

—¿Hola?

—Kan-chan[1].

—¿Estás borracho?

—Sí. Hubo una fiesta de despedida para un tipo mayor en mi empresa. Fue muy bueno conmigo. Me enseñó montones y montones de cosas.

—¿Estás de camino a tu casa ahora, Mano? ¿Vas andando? —Kandagawa podía oír el tráfico en el teléfono.

—Sí.

—¿No te estás congelando? Deberías haber esperado y llamar desde casa.

—No importa.

Aunque llevaban cuatro años sin hablar, Kandagawa supo, solo por la forma en que había dicho su nombre, que había estado bebiendo. Cuando estaban juntos, a menudo la llamaba cuando estaba borracho. Supuso que, tras separarse del grupo con el que había estado be-

1. Un diminutivo que se usa para indicar afecto. Se usa para amigos o mascotas. Dirigirse con el sufijo *chan* a un superior se consideraría condescendiente y de mala educación. *(Nota de los traductores.)*

biendo, se habría sentido solo y querría hablar con alguien. Además, Mano no era muy bueno para expresarse y necesitaba unas cuantas copas antes de permitirse buscar afecto en ella.

—¿Sabes cuántos años han pasado? —preguntó ella.

—¿Cuántos años? Mmm. Hace mucho mucho tiempo que no hablamos.

—¿Y si te digo que unos cuatro años?

—Cuatro años... Y sigues teniendo la misma voz, Kan-chan.

Kandagawa y Mano ya no tenían el tipo de relación en la que se llamaban sin motivo.

—Entonces, ¿qué? —dijo Kandagawa.

—¿Qué de qué?

—¿Por qué has llamado?

—Por ninguna razón en particular.

—¿Sigues con el mismo trabajo?

—Sí, el mismo.

—¿Ha estado bien la fiesta?

—No, no ha estado bien. Todos eran compañeros de trabajo, así que no puedo bajar la guardia.

—Mmm.

—Sin embargo, al jefe le gusto mucho.

—Ah, ¿sí?

—Me han ascendido y todo. Me van a nombrar director del departamento.

Mano presumió con aquella voz cursi que solo usaba cuando estaba borracho. Por lo general, hablaba con más calma, y con menos sentimiento.

—Eso es genial. Bien hecho.

—¿Y tú? ¿Qué tal el trabajo?

—No muy bien, la verdad. Tengo mil cosas en la cabeza y siento que siempre voy con retraso.

—¿De verdad? Eso no es propio de ti. Antes, cuando te llamaba y te preguntaba cómo estabas, siempre decías: «¡Estoy bien!».

—Bueno, supongo que he cambiado. Me he vuelto más adulta o algo así. ¿Te he decepcionado?

—No.

—¿Cómo llevas el pelo ahora?

—A lo tazón, como Itō Seikō[2].

—Guau, ¿en serio? ¡No te pega nada!

—¿Y tú?

—Rizado. Me lo he teñido de castaño.

2. Nacido en 1961, Itō Seikō es una personalidad polivalente en el ámbito cultural japonés, ha ejercido de actor, músico, novelista, ocupado cargos políticos y participado en la industria del entretenimiento. En su día fue muy reconocido por cortarse el pelo muy pegado al cráneo, estilo hongo. *(N. de los T.)*

—Es una pena. Me gustaba mucho tu pelo de antes, negro y liso.

—¿Te has enterado de que Mutō se ha casado?

—Sí.

—Tomó el nombre de su mujer, así que ahora es Matsumoto. ¡Ya han tenido un bebé! Fui a su casa con Mayu-chan a verlos hace un tiempo. Es un niño. Se llama Yoshitomo. Está lleno de energía, no para de moverse. Su mujer está muy liada.

—Qué fuerte.

—Además, ¿sabías que la hija de Mayu-chan es modelo de revistas de bebés?

—No.

—Se llama Midori. No se parece en nada a Mayu-chan. Es supermona y, al parecer, también muy lista. Aunque no creo que nadie pueda saber todavía si es realmente inteligente o no, ya que es solo un bebé, pero aun así, Mayu-chan insiste en que lo es. Parece que está tomándose muy en serio la educación de Midori. Ya ha empezado a hablar de la selectividad y esas cosas. Nunca pensé que ella fuera de esas.

—El matrimonio va a pasar de moda.

—¿Qué quieres decir con eso?

—Me parece que las nuevas generaciones ya creen que el matrimonio no tiene nada de *cool*.

—Eso nunca pasará. La gente siempre se ha casado a lo largo de la historia. Nunca ha habido una época en la que la gente no se casara.

—Yo no lo haré.

—Puede que se ponga de moda no casarse por lo civil, tener parejas de hecho o lo que sea, pero no creo que llegue un momento en el que la gente piense que es guay no tener pareja. Si esa fuera la tendencia, la raza humana se extinguiría.

—Ya veo.

—En serio, ¿por qué me has llamado?

—Solo me preguntaba cómo estabas.

—¿No crees que es de mala educación llamarme estando borracho?

—Lo siento.

—Si de verdad no tienes nada que decir, todavía tengo trabajo pendiente para mañana.

—¿Sabes? El otro día, visité por trabajo ese lugar que estaba cerca de nuestro antiguo apartamento.

—¿En serio? El apartamento con el ciruelo. —Kandagawa cerró los ojos y el aroma del árbol llegó hasta ella. Recordó una tanka: «Cuando sople el viento del este, ciruelo, deja que tu aroma siga floreciendo; no olvides la primavera, aunque yo me haya ido lejos».

—No estoy hablando del árbol.

—¿Fuiste a ver el apartamento?

—Sí. Me entró un poco de nostalgia y quise verlo.

—Ah, ¿sí?

—La cosa es que... No te sorprendas demasiado, ¿de acuerdo?

—Mmm, vale.

—Han derribado el bloque. Ahora es solo un terreno baldío.

—¿Qué? ¡No puede ser!

—Imaginaba que te sorprendería.

—¿Han tirado el bloque entero así como así?

—Sí, lo han hecho.

—Vaya...

—¿Quieres que vayamos a ver el terreno juntos?

—¿Dices de ir?

—Venga. ¿Cuándo estás libre? ¿Qué tal este sábado? Aunque sé que es un poco repentino.

—Sí, vamos.

—Vale, ¿quedamos a la una en las taquillas?

—Claro.

—De acuerdo. Nos vemos.

—Adiós.

Kandagawa tenía la certeza de que Mano la había llamado con la intención de pedirle que fuera a ver su antiguo apartamento. Sabía que era una estupidez reencontrarse con personas con las que has roto, pero le picaba la curiosidad.

El sábado, Kandagawa se subió a un tren desde su estación local hasta Shibuya, donde cogió el metro. Parecía que iba a llegar con un cuarto de hora de retraso, y le envió un mensaje a Mano, a lo que él respondió «OK».

Kandagawa se arrepintió de no haber salido de casa con suficiente tiempo cuando se iban a encontrar por primera vez en tantos años, y se mordió el labio mientras se aferraba a la barra del tren, viendo pasar las estaciones. Cada estación tenía un andén de diferente color: rosa, amarillo, verde pálido. Al cabo de un rato, el tren salió a la superficie. Pasaron por una zona residencial y cruzaron un río.

Llegó a la taquilla a la una y cuarto y llamó a Mano para decirle que ya había llegado.

—Estaba de camino al apartamento —dijo Mano.

—Siento llegar tarde. Pero, ¿por qué ibas a seguir sin mí? —dijo Kandagawa, algo atónita.

—No lo sé. No podía creer que llegaras tarde —dijo Mano en voz baja.

—¿Qué salida era?

—Vaya, eso también es difícil de creer.

—¿El qué?

—¿De verdad no te acuerdas?

—¿La de la universidad?

—No.

—¿La salida de Tōkyū?

—Sí. Mira, voy a volver, así que quédate donde estás.

—De acuerdo.

Si salías por la zona de la taquilla y girabas a la izquierda, entonces salías por la salida sur, siempre tranquila, y si andabas un poco más, llegabas a la universidad en la que se habían graduado Kandagawa, Mano y sus amigos. La bulliciosa salida norte, que estaba a la derecha, tenía unos grandes almacenes Tōkyū justo enfrente.

Mano regresó casi inmediatamente. Iba en traje. Llevaba puestas unas gafas cuadradas, diferentes. Había engordado un poco. Llevaba el pelo corto por todas partes, como siempre, y desordenado. Ni rastro del pelo a tazón. Solo le había tomado el pelo.

—¿Cómo estás?

—Bien, ¿y tú?

—Sí, bien. Está muy rizado, ¿no? ¿Vas a la última o algo así?

—Calla. ¿Nos vamos?

Comenzaron a andar.

—¿De verdad no recuerdas el camino al apartamento?

—Es increíble la facilidad con la que se pueden olvidar ese tipo de cosas. Pero ahora lo recuerdo. Gira por la esquina de aquel banco.

La orientación de Kandagawa no era buena, recordar cómo llegar a los sitios nunca había sido su fuerte. Antes, siempre confiaba en Mano para que la llevara a cualquier sitio al que tuvieran que ir y, si se perdía cuando estaba sola, lo llamaba por teléfono para que le indicara el camino.

—Sí, así es.

—¿Por qué llevas traje?

—Tuve que pasarme por la oficina esta mañana.

—Ocupado, ¿eh?

Caminaron esquivando las bicicletas aparcadas en la acera.

—¿Ya has comido?

—No.

—¿Comemos algo?

—Claro.

Subieron por la escalera de caracol hasta el restaurante chino del segundo piso. Las camareras llevaban blusas blancas y faldas negras, los camareros llevaban corbata y había manteles blancos en las mesas, pero el restaurante no era demasiado caro y los platos del menú tenían nombres bonitos.

Solían venir aquí. Mano venía en bicicleta desde su apartamento con Kandagawa encaramada en la parte de atrás.

Kandagawa se había comprado una bicicleta cuando se mudaron, pero se la habían robado al dejarla sin seguro en un aparcamiento. A partir de entonces, iba andando a la estación de camino al trabajo y cogía el bus para volver a casa. Si salía con Mano los fines de semana, iba a caballito en su bicicleta.

Entre semana, Mano siempre salía del apartamento antes que ella y volvía primero del trabajo. Si ella llegaba tarde a casa y perdía el último autobús, él iba en bicicleta a la estación a buscarla. Una vez se quedó dormida en el último tren y se despertó dos paradas más adelante. Había una larga cola para los taxis. Llamó a Mano y él fue a buscarla en bicicleta.

Esa vez, como cuando le habían robado la bicicleta, Mano se quejó por sus despistes. Dijo que era una pérdida de tiempo y de dinero, pero había sido amable.

—El arroz crujiente con salsa estaba rico aquí, ¿no?

—Sí.

—Quisiera el *nabeyaki* ramen, por favor.

—Yo quiero el arroz frito —dijo Mano.

Mientras comían, Kandagawa dijo:

—Me gustaba el ruido que hacía el arroz crujiente con salsa.

—¿Te refieres al ruido de succión cuando metes los trozos de arroz en la salsa?

—Sí. Me hacía muy feliz.

—Sí.

—Puede que me echara a llorar si comiera eso ahora.

Caminaron por una calle comercial conocida por los árboles de tulipanes que le dan nombre.

Los altos árboles se alineaban a ambos lados de la calle, y al mirar hacia arriba, entre las hojas amarillas que revoloteaban por encima de sus cabezas, pudieron ver unas nubes dispersas.

—¡Se ha despejado de verdad! —dijo Kandagawa.

—Sí.

Pasaron frente a la guardería en la que Mano solía trabajar a tiempo parcial cuando aún estaba en la universidad. Kandagawa dudó si sacar el tema, pero decidió no hacerlo.

Recorrieron la calle comercial y luego comenzaron a andar por la acera de la carretera.

Kandagawa iba por el bordillo de piedra que separaba la carretera de los árboles. El bordillo tenía unos treinta centímetros de altura y en los viejos tiempos solía caminar sobre él. Así era un poco más alta que Mano. Solía hacer que él la cogiera de la mano mientras caminaba por ella como si estuviese haciendo equilibrismo; ahora, por supuesto, no se cogían de la mano, así que Kandagawa bajó casi de inmediato. Pasaron por delante de una gasolinera, un restaurante, un polideportivo municipal.

Las hojas ovaladas de los robles alfombraban la carretera como pequeños peces. Crujían bajo sus pies. Un autobús morado pasó junto a ellos. Tomaron una curva y cruzaron por delante de una consulta dental, una clínica ortopédica y una escuela de costura. Luego había un tramo de casas unifamiliares. Muchas eran bastante ostentosas, y tenían vistosos adornos navideños de cara a la carretera.

—¡Son tan bonitas!

Kandagawa señaló unas luces de hadas en rojo y azul, y Mano asintió.

—Sí.

—Oye, ahora tienes mejor carácter.

—Solía irritarme cuando miraba ese tipo de cosas. Cuando la gente colocaba peluches y cosas mirando por la ventana, siempre me preguntaba por qué los ponían mirándome a mí, eso me molestaba. Pero ahora solo pienso que esas cosas son bonitas, o tiernas, supongo.

—Vaya vaya. ¡Eh, mira! Es una camelia.

Las suaves flores de color rosa destacaban sobre las duras hojas verde oscuro.

—Pero todavía odio las flores —dijo Mano, riendo.

Kandagawa se rio. De repente se sintió feliz, aunque no sabía por qué.

En la bifurcación, cogieron el camino de la derecha y llegaron al lugar donde había estado su apartamento. Tal y como Mano había dicho, ahora solo era un terreno baldío.

—Vaya.

Lo único que se mantenía en pie era un cartel apoyado en la esquina. El resto era tierra recién excavada. El ciruelo había desaparecido. Mano y Kandagawa entraron en el solar.

Desde su apartamento, que estaba un poco más elevado que la colina, podían ver el pueblo. La casa en sí era cutre, pero tenía buenas vistas. En la ciudad, la gente seguía con su vida cotidiana. Estaba formada por viviendas unifamiliares y bloques de apartamentos. A lo lejos se veía una torre de electricidad roja y más allá se podía ver la silueta de las montañas. Había momentos en los que la luz del sol descendía de las nubes como una escalera de ángeles. Alguna vez se habían dejado llevar y habían tenido sexo con las ventanas abiertas. Kandagawa se paró en el suelo y miró la escena que tenía delante. Desde allí, las cosas parecían con un ángulo más suave que desde el segundo piso.

—Nuestra habitación estaba por aquí, ¿no?

—Sí.

—Voy a guardarme una piedra.

—Yo también.

Los dos se agacharon a una pequeña distancia el uno del otro y cada uno eligió su piedra.

Kandagawa encontró una de tamaño adecuado y la guardó en el bolsillo de su abrigo. Mano también había elegido una pequeña.

—Me pregunto si no parecemos un poco patéticos ahora mismo —dijo Mano.

—No me importa —dijo Kandagawa—. Hagamos algo patético, aunque sea por hoy.

—Vale. ¿Qué tal si compramos algo de la panadería a la que solíamos ir y nos lo comemos en el parque?

—Vale.

Recordaba el lugar al que se refería Mano, una panadería de masa madre situada al pie de la colina, regentada por un matrimonio que había dejado sus trabajos de oficina para abrir su propio negocio. Kandagawa sacudió la tierra de su falda y se levantó.

Cuando volvieron a la bifurcación, Mano masculló:

—Me pregunto si no pasará algún taxi por aquí.

—¿Eh? ¿Por qué?

—No sé, solo estoy cansado.

—¿Tan duro es tu trabajo?

—Sí.

—¿De verdad? ¿Es muy duro?

—Sí, bastante. Estoy al límite todo el tiempo.

—Oh, venga, caminemos.

—¿De verdad? Últimamente, el dinero es lo único que no me falta, así que siempre cojo un taxi a todas partes.

—Oh, vaya...

Antes Mano nunca se cansaba, incluso cuando caminaba durante horas. Por mucho que anduviera en bicicleta, seguía con una sonrisa en la cara. Pero Mano ya no tenía esos brazos varoniles que solían agarrar el manillar. Era probable que hubiera desarrollado otro tipo de músculos que le daban la fuerza necesaria para llevarse bien con la gente, pero Kandagawa echó de menos los brazos delgados y poderosos que solía tener.

Bajaron la colina, cruzaron el camino que conducía a través de los campos de hortalizas y entraron en la zona residencial donde estaba la pequeña panadería. Pidieron una rosquilla y un *bao* con *hijiki*[3]. Mano había comprado la comida, así que Kandagawa pagó esa vez.

Luego llevaron sus compras al parque y se sentaron en asientos hechos con tocones. Partieron por la mitad el bollo y la rosquilla, y compartieron.

—Ya que estamos aquí podríamos visitar la universidad —dijo Kandagawa.

Mano asintió. Entonces se pusieron en marcha hacia la universidad.

—Es agotador, ¿no? Todo este paseo —dijo Mano mirando hacia la carretera.

—¿Hablas en serio? Yo no estoy cansada para nada.

—Me pregunto si habrá taxis. —Mano volvió a sacar el tema.

—Tienes que estar de broma.

Kandagawa estaba abatida. Nunca había oído a Mano pronunciar la palabra «taxi».

—¿No quieres pillar un taxi? —insistió Mano.

—¡No! —dijo Kandagawa con firmeza. Caminaron hasta la universidad.

---

3. Alga que se encuentra en estado silvestre en las costas de Japón, Corea y China. Se trata de un alimento tradicional. *(N. de los T.)*

Los alrededores habían cambiado mucho. Antes solo había campo, aparcamientos y pequeños comercios, pero ahora había un centro comercial con tiendas de lujo. Pasaron por delante del centro comercial y entraron en la universidad, donde una gran pantalla LCD anunciaba las clases canceladas y encontraron un ordenador en el que se podía acceder a todo tipo de información al escanear la tarjeta de estudiante. Todo era ahora de alta tecnología. Cuando Kandagawa y Mano estudiaron allí, todo se hacía en papel.

Ahora que lo pensaba, Kandagawa había empezado la universidad a los dieciocho, lo que significaba que ya habían pasado trece años. También habían pasado trece años desde que conoció a Mano, que caminaba a su lado contando también todos aquellos años durante los que habían sido amigos.

Después de ir al baño, entraron en la facultad y caminaron por el pasillo. Una de las aulas tenía la puerta abierta, así que pudieron entrever un poco de aquel ambiente estudiantil. Un chico y una chica hacían una especie de presentación. El chico estaba escribiendo algo en la pizarra y la chica estaba de pie, leyendo algo de una hoja de papel con un gesto nervioso. Tan jóvenes. Kandagawa y Mano debieron de ser así también en algún momento.

Bajaron las escaleras desde el primer piso hasta el segundo sótano. La universidad se situaba en una ladera, por lo que se podía salir por el otro lado desde allí.

El camino conocido como Cherry Lane se extendía entre la universidad y los bloques de edificios más cercanos. El nombre provenía de la hilera de cerezos que bordeaba la calle y que era impresionante en primavera. Ahora, sin embargo, no había más que un puñado de hojas rojas y marchitas, que temblaban tristemente con el viento.

—Vamos a recorrer el camino entero y luego a desandarlo. Y luego damos por terminado el día, ¿vale?

—Vale.

—Supongo que no volveremos a ver juntos los cerezos en flor —dijo Kandagawa.

Mano respondió sin rodeos:

—No, supongo que no.

Desde la estación, Kandagawa y Mano cogerían el mismo tren hasta Shibuya.

Habían reformado el andén, por lo que estaba nuevo y reluciente. No había ni rastro del insulso muro de piedra que solía haber.

El andén estaba al pie de un empinado terraplén, y un muro de piedra a la altura de la cintura solía hacer de separación. Mano saltaba y sentaba en el muro mientras esperaban un tren, como si saltara sobre un potro de gimnasia.

Dejaron pasar dos trenes de cercanías y luego subieron al bala. En cuanto entraron, Mano buscó un asiento libre y se sentó. Kandagawa se sentó a su lado. Mano puso su maletín sobre las rodillas y sacó una revista juvenil de manga. Por la fluidez de sus movimientos Kandagawa supuso que esa debía ser su rutina al volver del trabajo. Le sorprendió bastante que siguiera leyendo la revista *Young Magazine.* Había algunas revistas que habría entendido, como *Morning,* que a ella misma le gustaba y leía a menudo, pero no podía creer que eso fuera algo que alguien de la edad de Mano pudiera seguir disfrutando.

—¿Quieres leer conmigo? —preguntó.

—Vale —respondió, y miró las páginas que Mano compartía con ella. El cómic iba sobre jóvenes que apostaban, y Kandagawa no entendía el atractivo. Sin embargo, Mano seguía pasando las páginas, así que ella fingió seguirlo.

Las ventanas estaban oscuras. El tren discurría a través de la ciudad nocturna, y cada vez que entraba en una estación un viento fresco entraba por las puertas abiertas.

A Kandagawa se le enfriaron los pies.

Al cabo de un rato el manga terminó abruptamente en mitad de la historia, y entonces llegaron las páginas dedicadas al *gravure,* fotos de chicas de unos veinte años con bikinis. Esa marca peculiarmente japonesa de sensualidad infantil.

Había unas siete chicas en total, por lo que Kandagawa supuso que la idea era que los lectores disfrutaran eligiendo a la que más deseaban. Estaba la chica fiestera, la marimacho, la princesa, la hermana mayor...

Mano le tendía las fotos como si no le importara, así que Kandagawa decidió, con cierta maldad, jugar con él a un juego.

—¿Cuál es tu favorita?

—Mmm.

—A la de tres señalamos con el dedo la que más nos guste, ¿vale?

—Vale.

—Uno, dos, tres.

Tanto Kandagawa como Mano señalaron la misma foto. Era una chica de aspecto tranquilo, con el pelo negro y liso, que parecía no ser del todo de este mundo.

—La misma —dijo Mano.

—La misma. Venga, dale la vuelta.

Mano pasó la página para revelar una selección diferente de chicas.

—Vale, lo mismo con estas. Uno, dos, tres.

Una vez más, ambos se inclinaron por la misma chica. Tenía el pelo corto y un rostro serio y aniñado. Así que ese era el tipo de chica que le gustaba a Mano. Quizá él fuera de esos que perseguían a veinteañeras toda su vida. Era un pensamiento bastante asqueroso, pero así era Mano.

Kandagawa recordó unas fotografías de Yūko Ogura que había encontrado en su ordenador cuando echó un vistazo a hurtadillas.

Pero la propia Kandagawa ya no era una simple chica. Tenía un puesto de responsabilidad considerable y el control total de su propia vida. Era una mujer adulta.

Cuando se separaron en Shibuya, Mano dijo:

—Las despedidas son tristes.

—Sí —dijo Kandagawa sin sentirlo.

—Cuídate —dijo Mano, y entonces alargó la mano y le dio una palmadita a Kandagawa en la cabeza.

Kandagawa se quedó impactada. Su novio de ahora era mayor que ella, pero nunca se atrevería a dar una palmadita en la cabeza a una mujer. Él la apoyaba con respeto y admiración, y cuando la tomaba de la mano sentía como si fuesen camaradas, ayudándose a sobrevivir en medio de la sociedad.

Mano tenía su misma edad, pero, ahora se daba cuenta, solía darle palmaditas en la cabeza. Entonces a ella no le importaba. De hecho, debía de complacerla, pero ahora que tenía algún tipo de aptitud social, que le acariciaran la cabeza no fue otra cosa que una humillación. Le produjo náuseas. Una oleada de disgusto hacia Mano la invadió.

—Adiós —dijo, y saludó con la mano. Se alejó y no miró atrás.

Cuando llegó a su apartamento, se quitó el abrigo y se acordó de la piedra que había cogido en el descampado y que aún tenía en el bolsillo. Era un guijarro blanco del tamaño de un cacahuete. Lo había elegido porque le parecía puro. Lo sostuvo bajo la luz de los fluorescentes y lo miró fijamente. Todavía tenía restos de tierra. Sin saber si las piedras eran reciclables o no reciclables, dudó un instante. Luego la tiró con la basura no reciclable.

DESHAZTE DE TU VIDA PRIVADA

Mayumi Yano fue a la conferencia de un escritor. Tras entrar a la sala, buscó entre el público, encontró un asiento libre en el extremo izquierdo de la tercera fila y se sentó. La propia Yano era escritora, pero relativamente nueva, su carrera acababa de empezar.

El autor se situó en el escenario y expuso su novela. Yano escuchó con atención y tomó notas. Pero se dio cuenta de que digerir nuevas ideas sobre la marcha no era su fuerte, y no creía estar entendiendo del todo lo que decía.

Tras la charla, comenzó la sesión de preguntas. Al momento, en medio de la primera fila, un hombre de complexión delicada levantó la mano.

—Mi campo es la música contemporánea —comenzó—, y creo que la forma en la que la gente escucha una pieza depende en gran medida de si tiene o no una comprensión previa de la teoría musical. Por decirlo de otra forma, creo que una persona podría cultivar una receptividad para la música contemporánea solo con estudiar teoría musical. Pero lo que me fascina en realidad es la cuestión de si no será posible que una hipotética persona desinteresada en el asunto, que no tiene ningún interés en la música y no entiende el discurso que la rodea, escuche una pieza y aprecie su valor de la misma manera que alguien que conoce a la perfección la teoría musical. ¿Cree que esa pregunta se aplica de forma similar a la escritura? Supongo que estoy preguntando si los lectores perciben las cosas de forma diferente dependiendo de si tienen una comprensión teórica de la literatura. La gente que hace música clásica contemporánea exige a sus oyentes que tengan conocimientos de teoría musical, por lo que cada vez es más frecuente que este tipo de música sea apreciada por un sector más limitado de la sociedad, formado por personas que comparten esta particular forma de entender la música.

»Usted decía que cuando escribe una novela no le importa si no todos sus lectores la entienden, que es feliz con que algunos lo hagan. Me preguntaba si podría decir algo más sobre esto en particular. Porque sueño con que el arte sea capaz de proporcionar una manera de que la gente sin conocimientos teóricos se encuentre de repente en condiciones de comulgar con la gente que sí los tiene, pero no tengo ni idea de si eso es posible...

Habría que señalar que esta es la pregunta tal y como la redactó luego Yano, cuya capacidad de comprensión era algo dudosa, por lo que podría diferir de la pregunta que se formuló de verdad.

En cualquier caso, por complicada que fuera, la pregunta del hombre intrigó a la joven autora Mayumi Yano, que escribía bajo el seudónimo de Mayumizu Yano. En ese momento se encontraba en una fase difícil con la novela que estaba escribiendo, titulada *Amistad para adultos,* pero ya estaba planeando el libro que empezaría una vez terminado este, que pretendía llamar *Una novela musical.* Yano no quería que sus libros fueran algo que la gente leyera como ensayos para saciar su sed de conocimiento o darles un entrenamiento mental. Quería que se vieran como obras de arte, como la música o la pintura. Pero cuando empezaba a pensar en lo que era fundamentalmente una novela se confundía, y luego le entraba un poco de pánico y la mano que sostenía su bolígrafo se paralizaba.

Tras el evento hubo una fiesta, a la que Yano acudió. En el *izakaya*⁴ se sentó frente al hombre que había hecho la intrigante pregunta.

Pensaba que era más joven que ella, pero descubrió que tenía veintiocho años, su misma edad, y que se llamaba Matsumoto. Dijo que había leído uno de sus libros.

Los dos disfrutaron de la conversación e intercambiaron direcciones de correo electrónico. La fiesta se trasladó a otro *izakaya*, y allí se sentaron el uno al lado del otro. Hablaron sobre música y novelas, pero también sobre asuntos triviales, como qué celebridad se había casado con quién y qué famosos eran monos. Matsumoto dijo que Rina Ōta, la modelo de la marca de ropa Tsumori Chisato, le parecía guapa y que era fan de la actriz Yū Aoi. Yano admitió con una sonrisa que le gustaba Tokui, del dúo de comediantes Tutorial, que había ganado el año pasado el concurso de monólogos M-1, y que también pensaba que Goto, de Jarujaru, era divertido.

—Sé bastante de monólogos —dijo Matsumoto—. Es una de las ventajas de vivir en Kansai.

4. Bar típico japonés. Son populares para tomar algo después del trabajo. *(N. de los T.)*

La región de Kansai era el corazón de la escena de monólogos en Japón.

—¿Vives en Kansai?

—Sí, en Kioto. Anoche me quedé en casa de un amigo. Pensaba volver en el autobús nocturno esta noche. Compré un billete, pero me estoy divirtiendo tanto que he decidido volver mañana. Hoy, supongo que debería decir. Cogeré el primer tren de vuelta.

—Bueno, en ese caso, vamos a beber hasta que sea la hora del primer tren.

—Buena idea.

Yano empezaba a notar que le gustaba Matsumoto, así que se sintió un poco descorazonada al descubrir que vivía en Kioto. Pero eran adultos, después de todo. La distancia no era tan grande como para impedir que se conocieran. «Puedo ir a visitarlo a Kioto», pensó.

—Me gusta la ropa de Tsumori Chisato —dijo Yano—. Tengo bastantes prendas suyas.

—Me da cierta envidia. Siempre he querido uno de esos folletos en los que sale Rina Ōta, pero, como hombre, me da demasiada vergüenza entrar en la tienda.

Matsumoto se había especializado en dirección de orquesta. Al parecer, incluso había estudiado en Francia durante un tiempo, y ahora estudiaba música clásica contemporánea en Kioto, su ciudad natal. Tenía un trabajo a tiempo parcial para mantenerse, pero también realizaba muchas actividades relacionadas con el mundo de la música.

—¿Qué implica estudiar dirección de orquesta? ¿Tienes que aprender teoría musical y estudiar armonía y cosas así?

—Sí, más o menos... En realidad no sé cómo explicarlo en términos sencillos, pero, en esencia, la música contemporánea surgió de la música clásica anterior y se necesita una firme comprensión de la teoría musical para escribirla, incluso para disfrutarla. Así que no hay mucha gente creándola, y tampoco hay mucha demanda por parte de los oyentes.

—¿Utilizas esos métodos teóricos para componer, entonces?

—No. Cuando compongo me olvido por completo de la teoría y es como si las obras saliesen solas, por así decir.

Salieron del bar a tiempo para tomar el primer tren. Se separaron en la estación agitando las manos.

Al día siguiente. Matsumoto envió a Yano un mensaje de texto.

«Me lo pasé muy bien hablando contigo ayer. Vengo a Tokio con bastante frecuencia, así que te avisaré la próxima vez que planee una visita. Me encantaría que saliésemos a cenar algo. También quisiera ponerte algo de música clásica contemporánea». Yano estaba encantada. Respondió: «Sí, ¡claro que vamos a cenar!».

Los dos siguieron intercambiando correos electrónicos y mensajes. Lo único que le molestaba a Yano era que, al final de sus correos, Matsumoto siempre escribía: «Por favor, responde si te viene bien. Si estás demasiado ocupada, no me importa que no contestes». Parecía que él asumía que ella, al ser escritora, estaba siempre ocupada, pero las palabras «No me importa que no contestes» la hacían sentir extraña.

Un mes más tarde, Matsumoto anunció su visita a Tokio, y quedaron para cenar. Sin embargo, a Yano le pareció extraño que Matsumoto escribiera en su correo electrónico: «Me preocupa que te aburras si solo cenamos, así que llevaré algunos DVD o libros». ¿Acaso pensaba él que ella estaría más interesada en leer un libro que en cenar con él? ¿Solo porque era escritora? Que pensara eso de ella la entristeció un poco.

Yano se encontró con Matsumoto en una estación cercana a su apartamento y fueron a un restaurante de *yakitori*. Bebieron cerveza y comieron brochetas de pollo asado.

Fue divertido, pero su conversación no cuajó tan bien como ella esperaba. Matsumoto no dejaba de hablar de símbolos. Intentaba explicarle la simbolización como medio de interpretación, y luego la comunicación en la que el lenguaje cumplía una función simbólica, pero a Yano no le resultaba fácil entenderlo y se sentía perdida.

Consiguió soltar que le gustaba mucho, pero incluso después de eso él siguió hablando de sus teorías sobre los símbolos. Aun así, aunque no pudo seguir del todo su conversación, Yano se alegró de haber conocido a alguien que le gustaba por primera vez en años, y se sintió bastante satisfecha.

Como regalo, Matsumoto le dio a Yano un libro titulado *La iluminación de los malvados,* escrito por Shigesato Itoi, escritor y diseñador de juegos, y Takaaki Yoshimoto, poeta y filósofo, y padre de Banana Yoshimoto. También le trajo el DVD *Near Equal: Daido Moriyama.*

—Hay toda una serie de documentales de *Near Equal,* ¿no?

—Sí.

—Tengo el de Makoto Aida. Soy una gran admiradora de sus pinturas.

—Sí. A mí también me gusta mucho.

De vuelta a su apartamento, Yano le mostró a Matsumoto el DVD que había mencionado.

—Fui a ver a Tomoka Shibasaki hace un tiempo. Vino a dar una charla a Osaka.

—¿Cómo era?

—Oh, es muy mona. Creo que es muy congruente con lo que escribe.

—¿Crees que soy así? ¿Congruente?

—Creo que es demasiado pronto para decirlo.

Durante un tiempo, tras ese encuentro intercambiaron correos electrónicos y mensajes y se llamaron por teléfono. Yano pasó un periodo de lo más estresante con *Amistad para adultos,* y la animó mucho recibir mensajes de él diciendo «Espero que tu novela vaya bien».

Lo único que le molestaba era su insistencia en utilizar un tono tan formal con ella. Deseaba que dejara de hacerlo, no por una cuestión romántica, sino porque tenían la misma edad.

Le envió un mensaje que decía: «Si no te importa, ¿qué tal si nos dejamos de tanta formalidad?».

Pero él no le contestó, así que ella envió otro: «Si prefieres no hacerlo, también está bien».

Esta vez, su respuesta fue directa.

«OK. Dejemos las formalidades».

Empezó a añadir emoticonos y fotografías a los mensajes que enviaba desde su teléfono. Siguieron pequeñas conversaciones tontas como: «Estoy a punto de ir a hacer algo de música con un par de tíos», con una foto adjunta en la que llevaba el equipo de música.

«Guay, supongo que todos los músicos podéis ir a tomar algo después para celebrarlo (cara sonriente)».

«Ja, en realidad nos vamos de copas ahora (emoji de cerveza)».

«Guau, genial (estrella, estrella, estrella)».

Sin embargo, al cabo de un tiempo, Matsumoto volvió a utilizar un lenguaje más formal. En realidad lo que Yano hubiera querido sería que la llamara Mayu o Mayu-chan, como hacían sus amigos.

Pensó que ese sería un buen punto de partida, y por eso firmaba deliberadamente sus correos electrónicos como Mayumi Yano. Sin embargo, las respuestas de Matsumoto siempre empezaban con «Querida Mayumizu Yano». Estaba muy decepcionada, pero sus novelas eran mucho más importantes para ella que su vida sentimental, y no dudaba de que se arrepentiría mucho más si descuidaba su trabajo que si estropeaba una relación, así que decidió abandonar el proyecto de que la llamara Mayu-chan. Su forma de pensar se volvió cada vez más retorcida, y empezó a sentir que una relación no tenía por qué ser una carga siempre y cuando la ayudara con su trabajo. Incluso le escribió a Matsumoto: «Tengo problemas serios con mi escritura en este momento. ¿Podrías enviarme un mensaje de buena suerte?».

Matsumoto respondió: «No soy en absoluto un experto en novelas, pero espero que sigas escribiendo. Te deseo la mejor de las suertes».

Alimentada por esas palabras de ánimo, Yano perseveró.

Cerca de un mes después, Matsumoto envió a Yano un mensaje diciendo que iba a volver a Tokio para ver una obra de teatro: *Tokyo Notes,* de Oriza Hirata. Yano respondió que le gustaría ir con él.

—De acuerdo, claro —dijo Matsumoto.

—¿Pillo las entradas?

—No. Está bien. Lo haré yo.

Cuando Yano le preguntó si le enviaría su entrada, recibió una respuesta casi robótica: «Con el correo ordinario no hay seguro para el artículo. Quizá sería más prudente utilizar el correo certificado o algo parecido. ¿Qué prefieres?». Yano se sintió muy decepcionada. Contestó de forma muy sencilla: «Envíalo por correo ordinario, por favor».

Sin embargo, después de enviar el mensaje, cambió de opinión y llamó a Matsumoto. Yano se las apañó para hablar, abriendo y cerrando la boca como un pez a causa de los nervios.

—Eh, en plan, te envié ese mensaje antes, preguntándote si podías enviarme la entrada por correo, pero ¿te parecería bien si nos vemos antes de que empiece la obra y me la das en mano?

—Sí. Eso era lo que había pensado hacer al principio —dijo Matsumoto.

—El caso es que me pongo muy nerviosa cuando tengo que quedar con gente. Así que pensé que sería mejor que me dieras la entrada primero y que fuera a mi asiento y nos viéramos allí. La última vez que nos vimos me puse muy nerviosa cuando te vi de pie frente a la estación de tren, no pude armarme de valor para acercarme a ti. Tuve que dar vueltas durante cinco minutos antes de conseguirlo. Estabas allí leyendo y no te enteraste.

—Ah, eso me pasa a menudo. Cuando empiezo a leer es como si dejase de escuchar todo lo que sucede a mi alrededor.

—Oh, ¿en serio?, vaya...

—De todos modos, eso no viene al caso. Quedemos antes. Tendré tu entrada y luego podemos ir a ver la obra.

—Vale.

La última vez que había venido a Tokio, Matsumoto se había quedado en la habitación de Yano, pero ella no sabía qué significaba aquello. Yano solo compartía habitación con un miembro del sexo opuesto que le interesara. Pero eso era solo Yano, y lo mismo no se aplicaba necesariamente a todo el mundo. Matsumoto podría actuar según principios del todo diferentes.

Con eso en mente, decidió de antemano lo que le diría antes de que empezara la obra, en el momento en que se sentaran en sus asientos: «¿Por qué no te quedas en mi casa esta noche? Serías más que bienvenido. Me gustas mucho, ¿sabes? ¿Qué te parece?».

Entonces, después de aquello, verían la obra sintiéndose muy incómodos.

Yano esperaba con impaciencia frente a la estación Komaba-Tōdaimae. Cuando Matsumoto apareció, justo a la hora en la que habían quedado, se vio incapaz de hablar. Se lamió los labios resecos mientras caminaban hacia el teatro. Sentados en sus asientos antes de que empezara la representación, a ella no le pareció el momento adecuado, y su valor se vino abajo.

Consiguió decir las palabras que había preparado una vez terminada la obra, mientras caminaban hacia la estación. La respuesta de Matsumoto fue bastante vaga.

Cenaron comida de Okinawa y luego fueron a la habitación de Yano. A la mañana siguiente, Yano preparó una tortilla para desayunar, junto con sopa de miso y ensalada. Mientras comían, vieron a Aiko Kaitō dar el pronóstico del tiempo en el programa matutino de Fuji TV.

Sin embargo, cuando Yano escuchó las palabras que Matsumoto dijo, le pareció que no tenía intención de salir con ella. Aun así, se siguieron mandando correos electrónicos y llamándose. Yano estaba agradecida por tener a alguien que le ofreciera ánimos con su novela.

Así que siguió trabajando en *Amistad para adultos*. Sabía que no era solo Matsumoto quien la apoyaba a ella y a su escritura, también tenía a sus amigos, a su familia y a sus editores, por no hablar de sus lectores. Sin embargo, la situación con Matsumoto le rondaba la cabeza, así que decidió ir a visitarlo. Cuando le preguntó por correo electrónico si estaría bien, su respuesta fue entusiasta. Así que Yano se decidió por un fin de semana en el que pensaba que ya habría entregado su novela e hizo planes para viajar a Kioto.

Sin embargo, después de reservar el tren, surgieron numerosos cambios en la novela, y el plazo se amplió hasta justo antes de la fecha límite de impresión, lo que significaba que el fin de semana en cuestión caía ahora antes de la fecha de entrega final.

Yano pensó que, como podría trabajar en la novela tanto en el tren bala como en el hotel, podría continuar una vez hubiese dedicado unas tres horas a cenar con Matsumoto. Mejor aún, podría asegurarse de que ya fuera bien para entonces. No se iba a convertir en una buena escritora solo por sentarse en su escritorio y leer sus palabras una y otra vez. «Al contrario, es mucho mejor hacer cosas como esta de vez en cuando», pensó Yano mientras subía al Nozomi[5] con los ánimos por las nubes.

Matsumoto fue a buscarla a la estación cercana a su apartamento.

En su habitación, Matsumoto le puso a Yano música contemporánea. Era una pieza que él mismo había escrito.

---

5. El Nozomi («Esperanza» o «Deseo» en japonés) es el tren bala más rápido de Japón, que permite viajar de Tokio a Osaka en solo dos horas y media. *(N. de los T.)*

Comenzó el ritmo, y luego se oyeron unos sonidos extraños, parecidos a maullidos.

—¿Están afinando los instrumentos?

—Sí, eso es.

—¿De modo que eso también se considera parte de la pieza?

—Así es.

Se oyeron voces hablando, como en un bar, y luego un pitido agudo.

—Todo esto es nuevo para mí, este tipo de música, pero tengo la sensación de que entiendo el impulso de incluir este tipo de ruidos.

—Me alegra oírlo.

Entonces Matsumoto apagó la música, aunque la pieza aún no había terminado.

—¿Te da vergüenza? —preguntó Yano.

—Bien visto —dijo Matsumoto. Se había puesto rojo hasta los lóbulos de las orejas.

Fue divertido hasta que anocheció. Aquella noche, mientras estaban bebiendo en un bar, se enzarzaron en una gran discusión. La culpa fue de Yano. Quizás porque el alcohol se le había subido un poco a la cabeza o algo así, se puso peleona.

—¿Solo te interesa quedar conmigo porque soy escritora?

—¿Por qué dices eso?

—Solo me preguntas sobre mis novelas.

—Pero tú también hablas de libros todo el tiempo, y me haces muchas preguntas sobre mi música.

—Quiero tener una relación contigo.

—Tener relaciones no es mi fuerte.

—Quiero hablar de otras cosas, además de los libros. Quiero que sea una charla normal entre dos personas. Hablar de cualquier cosa que se nos ocurra, ¿sabes?

—¿No te gustó que hablara de libros?

—Pensé que... Quiero decir, las novelas que escribo van a veces sobre sexo y esas cosas, así que pensé que tal vez tú creías que yo era fácil o algo así, pero en realidad yo no soy así de verdad. No he tenido muchas relaciones serias.

—No lo entiendo.

—Quiero decir que solo soy una chica normal, supongo que es lo que estoy tratando de decir.

—¿Te parezco el tipo de persona que se acostaría con una celebridad?

—No, no quiero decir...

—De todas formas, ¿no estás interesada en mí solo porque soy músico?

—No, para nada. Me gustas como hombre, me interesas —dijo ella, pero mientras lo decía pensaba que probablemente Matsumoto tenía razón.

Yano quería escribir una novela sobre música, por lo que le había hecho muchas preguntas al respecto.

—Creo que deberíamos dejar de vernos. No siento que pueda hablar contigo como antes.

—Siento mucho cómo ha terminado todo.

Yano agitó la cabeza.

—No no, no es por ti. — Matsumoto parecía incómodo.

—Supongo que ya nos veremos por ahí.

—Seguiré leyendo tus libros.

—Vale.

Yano se subió a un taxi y se despidió de Matsumoto con la mano. «El centro de Kioto se parece mucho a Tokio», pensó. Había coches, las calles brillaban, y había muchos restaurantes y hoteles.

Yano pasó la noche en un hotel barato para viajeros de negocios y, a la mañana siguiente, volvió a tomar el tren bala. Se sentó en su asiento y durante un rato, después de que el tren se alejara de la estación, se vio incapaz de pensar en nada. Sus ojos seguían sin rumbo el paisaje que se deslizaba por encima de la ventana.

Al cabo de una media hora, sacó de su bolso la copia impresa de su manuscrito. El proceso de Yano para escribir sus libros era el siguiente:

escribía el primer borrador a mano en un cuaderno, lo pasaba al ordenador y lo imprimía. Leía el borrador y hacía correcciones a mano. A continuación, pasaba las correcciones a ordenador, volvía a imprimir el borrador y repetía la operación.

Tres días antes de la fecha de entrega, el borrador ya estaba listo. Aun así, quería revisarlo de nuevo, de modo que deslizó los ojos por encima.

Yano no había ido a Kioto porque estuviera enamorada de Matsumoto. Había habido un motivo ulterior para su viaje: la idea de que estaría mejor capacitada para escribir libros sobre amor si ella misma lo vivía, mejor capacitada para escribir sobre la música si hablaba de ella con alguien. Sentía la necesidad de vivir muchas experiencias, ya que temía que permanecer sentada todo el día frente a su escritorio solo conseguiría volverla aislada y autocomplaciente. Yano sintió que había sido cruel e inhumana al utilizar a Matsumoto para su escritura.

—¿Estás llorando? —dijo el hombre de mediana edad con la cara roja que estaba sentado a su lado. Bebía una lata de cerveza y leía una revista semanal para hombres de mediana edad con una mujer en la portada.

—Mmm —Yano asintió, y se secó bajo los ojos con los dedos.

—No deberías llorar —dijo el hombre.

—Mmm —dijo Yano.

—¿Eres escritora?

—Mmm.

—Buena suerte con eso.

—Mmm.

Las respuestas de Yano se volvieron cada vez más bruscas, y entonces se volvió hacia la ventana. Se preguntó cómo había sabido el hombre que era novelista. ¿Habría estado cotilleando? No se suele hacer esa suposición solo porque alguien lleve un manojo de papeles. Era imposible que supiera que era una escritora a menos que hubiera estado ojeando su borrador a escondidas.

Yano acercó las páginas a su cara, protegiéndolas de la vista, y continuó con sus correcciones.

Cuando volvió a su apartamento, introdujo los cambios en el archivo de su ordenador.

Luego imprimió de nuevo la novela y, con la pila de papel en la mano, se dirigió a un restaurante cercano que abría toda la noche.

Se tomó el té verde que se preparó en el autoservicio y leyó su libro una vez más. «Aunque no pueda dejar de llorar y no pueda comer ni dormir a partir de ahora, al menos podré seguir trabajando», pensó.

Yano tenía veintiocho años y había llegado a una etapa en la que, fuera cual fuera la situación, le resultaba más fácil hacer lo que tuviera que hacer, sonreír con amabilidad a cualquier persona con la que tuviera que reunirse para trabajar. Había un cierto grado de tristeza en ese hecho. Yano era una adulta. Nunca volvería a los días en los que quería faltar al colegio cuando le rompían el corazón.

Al día siguiente, Matsumoto envió a Yano un correo electrónico.

«Querida Mayumizu, me dijiste sin rodeos lo que sentías, pero no compartí mis sentimientos contigo. Entiendo que fue una forma inaceptable de comportarse. Por favor, no pienses que me lo tomo a la ligera. Sé que te he herido. Creo que lo que decías era que querías que te viera no como una novelista, sino como una persona. Pero no creo que pueda pensar en alguien cuyas novelas he leído como algo más que una novelista. Adiós».

«El hecho de que haya escrito "adiós" al final es muy extraño», pensó ella. ¿Por qué la gente se molestaba en decir «adiós», de todos modos?

«Hola» tenía sentido. Era algo que le decías a alguien que habías conocido para demostrarle que estabas interesado en conocerlo mejor. ¿Pero «adiós»? ¿Por qué ibas a escribir algo así cuando estaba muy claro para ambos que las cosas habían terminado, que no habría un próximo encuentro?

Las emociones de Yano eran mucho más violentas cuando se trataba de su vida amorosa que cuando se trataba de su trabajo.

Estaba cien veces más feliz si alguien le decía que era guapa que si le decían que sus libros eran buenos. Lloraba cien veces más cuando le rompían el corazón que cuando alguien criticaba sus novelas. Sin embargo, aquello solo era mero producto de las emociones. Incluso cuando se enamoraba, en realidad ella permanecía imperturbable.

Su razón de ser estaba en su trabajo. Cuando fracasaba en las cosas relacionadas con él, sentía que se volvía menos ella misma. Lo que la afectaba de veras no era que las personas le diesen la espalda, sino la falta de confianza en sus libros. Su identidad real estaba en sus novelas.

Yano envió el manuscrito de *Amistad para adultos* y consiguió recomponerse.

Decidió deshacerse de la idea de tener una vida privada. Haría de su persona una entidad pública. Ya no establecería separación ninguna entre ella como novelista y su yo auténtico.

Yano se reunió con sus amigos de la universidad por primera vez en mucho tiempo, y se fue de copas.

—¡Mayu-chan, quiero tu autógrafo! —dijo Mutō, así que Yano escribió MAYUMIZU en su copia del libro.

—Dibuja ese fantasmita de la tele que siempre solías dibujar en la universidad —dijo Mano, así que Yano le dibujó el fantasma.

—Pensaba que te habías convertido en una celebridad, pero al verte así, no puedo evitar pensar: «Después de todo, esta no es Mayumizu, es nuestra Mayu-chan de siempre» —dijo Kandagawa, y Yano se encontró en peligro de llorar de alegría. Kandagawa tenía razón. En lo más profundo de su ser, seguía siendo la misma Mayu-chan. Sin embargo, la gente que la conociera a partir de ahora nunca la vería como Mayu-chan. Ya se habría convertido en Mayumizu.

En el fondo, siempre había odiado que sus amigos bromearan como si ella fuera una especie de figura de autoridad. La gente de su alrededor le decía a menudo cosas como: «¡Vaya, qué famosa eres ahora!» o «¡He visto que te han nominado para ese premio! ¡Buena suerte!» o «Van a hacer una película de tu libro, ¿verdad? Eso es genial». Sabía que esas personas solo utilizaban lo poco que la conocían para elogiarla, así que no tenía sentido tomárselo al pie de la letra. La gente solo intentaba darle ánimos y apoyarla a ella y a su escritura. Sin embargo, este tipo de elogios dejaban a Yano con sentimientos encontrados.

Lo único que quiero hacer es escribir. No me hice escritora porque quisiera ser famosa. Pero lo intento, porque cuanto más se conozcan mi nombre y mi cara, más probabilidades tendré de vender libros.

Odio cuando la gente dice cosas que sugieren que los libros son de alguna manera una forma de arte menos importante que las películas. Me gustaría que la gente dejara de sugerir que es más impresionante que se adapte un libro mío que conseguir que se publique en primer lugar. Pero quiero vender más libros, así que permito que se hagan películas.

No escribo libros por el deseo de reconocimiento. Pero quiero seguir ganándome la vida como escritora, así que me consideraría afortunada si recibiera un premio prestigioso.

Había tantas cosas que quería decir, de hecho, que le salían a borbotones, como la espuma que brota cuando se aprieta una esponja.

Sé que todo el mundo trabaja duro sea cual sea su trabajo. La gente me presta más atención porque mi profesión es más notoria, pero creo que tengo el mismo tipo de vida que los demás.

Creo que encontrar a alguien que te parezca tan especial que quieras casarte con él es una hazaña mucho más importante que ganar un premio literario.

Construir relaciones humanas es algo mucho más asombroso que escribir prosa.

Estas eran las cosas que pasaban por la cabeza de Yano, pero le costaba darles salida.

En su lugar, respondía con el tipo de cosas que suponía que la gente esperaba, como: «¡Gracias! Seguiré tratando de escribir y mejorar como escritora».

Todo se reducía al hecho de que no había conseguido que él se enamorara de ella. Había sido rechazada, simple y llanamente. Pero había sido una experiencia fructífera como escritora, y eso era algo bueno.

Un día, unos dos meses más tarde, Yano fue a comer a un restaurante de *soba*[6] con un amigo unos treinta años mayor que ella. Ella tomó su *soba* con ñame rallado y él pidió el

6. Trigo sarraceno o alforfón, pero que también se emplea para referirse a los fideos largos de grosor fino hechos con harina de este cereal. *(N. de los T.)*

suyo con gambas, y compartieron una botella de cerveza.

Yano habló con su amigo sobre el asunto y le dijo:

—Me rompió el corazón un hombre al que le gustaban mis novelas pero no yo; pero, claro, yo soy una entidad separada de mis novelas, así que no puedo juntarme con la gente a la que le gustan mis libros. Me enamoro porque creo que si no me enamoro no podré escribir bien, pero las cosas que escribo son mil veces más atractivas que yo misma, así que nunca le gusto a nadie como persona, pero ahora voy a dedicar toda mi vida a la escritura, así que no importa.

Su amigo escuchó, asintiendo, y luego le dijo lo que pensaba:

—Pero, ¿tiene sentido decirle a alguien: «¡Yo no te gusto, solo te gustan mis novelas!»? Imagínate que estuvieras con un tipo que se pusiera a hablar de lo bonitas que son tus cejas. ¿Le dirías: «¡Solo te gusto por mis cejas!»?

Yano se rio.

—Creo que lo mismo pasa con las novelas. Tus novelas son una parte de ti, así que ¿acaso no está bien que le gusten? Creo que es bueno que alguien se sienta atraído por ti sin importar el motivo.

Pero Yano pensaba de corazón que no volvería a enamorarse como la vieja Mayumi Yano. A partir de ahora, sencillamente tendría sus relaciones amorosas como Mayumizu. Si no fuese capaz de escribir, entonces no tenía sentido estar viva. Su vida era lo que era porque escribía.

Yano abrió su cuaderno de notas y empezó el primer borrador de *Una novela musical*.